노을아,

그래서 너는 특별한 거야

일러두기

❖ 책에 사용된 스냅 사진은 출판물 및 상업적 이용이 허가된 것입니다.

❖ 참여한 사진 작가

– 리시위스트(@lish.wist)
뒷표지, p 7, 9, 11, 52, 53, 54, 55, 95, 96, 97, 103, 104, 105, 106, 107, 116, 117, 119, 128

– 김주은(@gracejooeunkim)
책날개, p 12, 13, 40, 41, 46, 108, 109, 115, 127, 129, 131, 132, 133, 134, 135

– 최태현(@choitae.hoto)
앞표지, p 3, 5, 6, 8, 56, 91, 93

노을아,
그래서 너는 특별한 거야

노을빛

글·사진
새들

노을빛

저는 노을이에요!

안녕하세요? 저는 아산시에서 구조된 노을이에요.

저는 갈색 털, 짧은 다리, 까만 얼굴을 가진 믹스견이고요.

2023년 7월 7일에 입양되어 형님과 지금까지 행복하게 살고 있어요.

지금부터 제 이야기를 들려 드릴게요!

목차

들어가며

3장 노을이가 보내는 편지

1장

노을이가 되기까지

노을이의 첫 기억

기억이 잘 나지 않지만 엄마 품은 따듯했던 것 같아요.

엄마랑 더 오래 있고 싶었는데

누군가가 저를 캄캄하고 답답한 가방 안에 넣어서 멀리 갖다 놨어요.

그래서 저는 지금도 어디 들어가는 게 너무 무서워요.

그때처럼 하염없이 갇힐까 봐 불안하거든요.

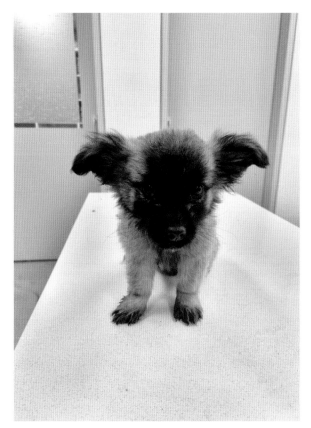

구조된 후 노을이의 첫 기록

저는 함께 버려졌던 형제와 구조되어 보호소로 가게 됐어요.

그곳엔 저와 같은 강아지들이 정말 많았어요!

다들 사람이 나타나면 꼬리를 흔들거나 왈왈 짖어요.

함께할 사람을 기다리는 거래요.

그런데 여기서 함께할 사람이 오래도록 나타나지 않으면

영원히 잠드는 주사를 맞아야 한대요.

저는 그 주사를 맞기 싫어서 왈왈 짖었어요.

그러다가 저는 어딘가로 가게 됐어요.

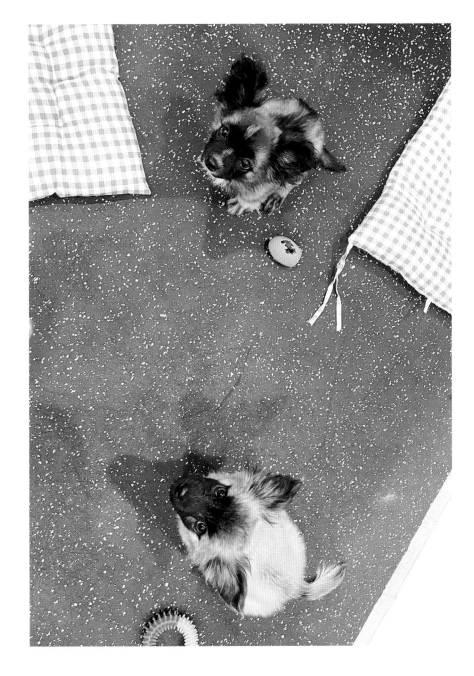

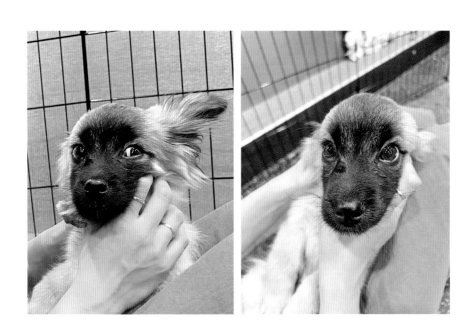

노을이 취업하다!

야호! 한 애견 카페에 신입 사원으로 취업했어요!
이제 보호소에서 나올 수 있게 되었어요.
여기에 오는 사람들과 신나게 놀면 된대요.
너무 멋진 직업이죠?

여기서 강아지 동료들을 만났어요.
동그란 얼굴에 까만 털이 멋진 강아지는
영업 부장님 깜푸예요.
영업 부장님은 성격이 예민하고 맨날 잠만 자요.

하얀 털을 가진 팀장님 소미는 카리스마가 있어요.
팀장님은 카페 안의 모든 강아지를 감시하다가
말썽꾸러기 강아지들을 혼내요.

저를 데려온 분은 애견 카페 사장님이에요.

사장님은 제가 영원히 잠드는 주사를 맞을까 봐

임시보호라는 걸 하는 거래요.

여기는 전에 있던 보호소보다 훨씬 따뜻하고 맛있는 것도 많아요.

저는 여기서 평생 살고 싶어요!

깜푸 영업 부장님

소미 팀장님

애견 카페 사장님

형님

어느 날 누군가가 카페에 찾아왔어요.

자기를 형님이라고 부르면 된다고 했어요.

덩치가 커서 무서웠는데 저를 보며 웃어 줘서 조금 안심했어요.

형님은 저와 처음 만나고 나서 3달 동안이나 계속 저를 찾아왔어요.

저를 보는 형님의 표정이 기쁜 건지 슬픈 건지 헷갈려요.

주말에는 작은 사람들이 많이 찾아와서 엄청 바빠요!

열심히 일한 날에는 피곤해서 계속 잠이 와요.

접종을 다 하고 어른이 되면 이 울타리 밖에서 뛰어놀 수 있대요.

아! 접종은 제가 아프지 않도록 미리 주사를 맞는 거래요.

언젠가 저도 어른이 될 수 있겠죠?

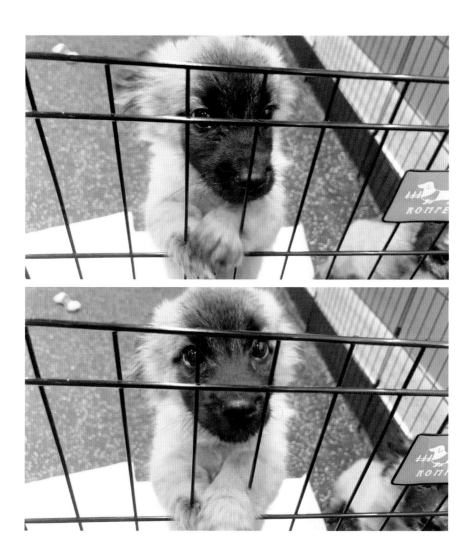

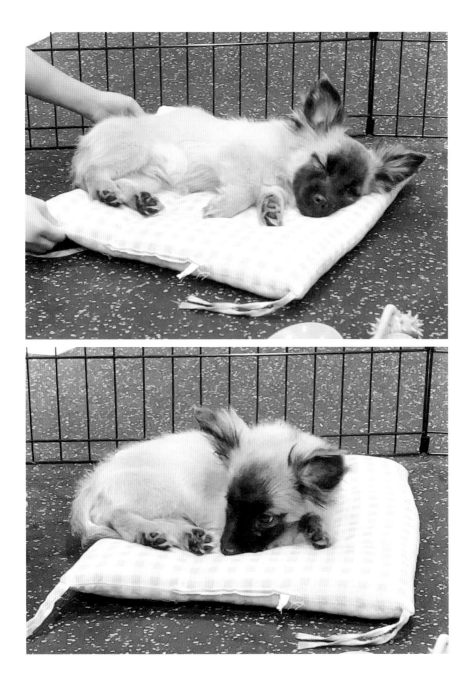

지금부터 형님과 함께 살아요

이날도 어김없이 형님이 찾아왔어요.

이날 형님은 기뻐 보였어요.

그리고 보자기를 가지고 있었죠.

형님은 저를 보자기에 넣고 밖으로 나갔어요.

처음에는 너무 무서웠어요.

형님이 저를 납치한 줄 알았거든요.

차 소리도 무섭고 나무들도 무섭고 바람도 무서워서

보자기 안에 숨었어요.

할 일도 많고 친구들도 다 저기 있는데….

저는 어디로 가는 걸까요?

제가 도착한 곳은 형님 집이었어요.

형님이 사는 곳은 제가 지내던 그 어떤 곳과도 달랐어요.

조용하고 포근한 느낌이 들었거든요.

형님 집에서 계속 냄새를 맡았어요.

새로운 곳은 탐색해야 해요.

캄캄해졌을 때 형님이 바닥에 푹신한 이불을 깔아 주었어요.

그리고는 제 옆에 누워서 이렇게 말했어요.

"이제부터 나랑 사는 거야, 알겠지?"

보호소 친구들이 꼬리를 흔들며 애타게 찾던

'함께할 사람'이 저에게 나타났나 봐요.

저는 깊은 잠에 빠져들었어요.

2장

형님과 보내는
행복 가득한 나날

제 이름은 노을이에요

형님의 이름은 새늘이에요. '새벽하늘.'
우리 형님 이름 너무 예쁘죠?

저는 그동안 여러 가지 이름으로 불렸어요.
똥개, 유기견, 못난이, 믹스견….

그런데 형님이 제게 새로운 이름을 선물해 줬어요.
'노을'
이제부터 이게 제 새 이름이래요!

형님은 노을을 바라보는 게 가장 행복한 일이라고 할 만큼
노을을 좋아한대요.
형님이 옥상에서 노을을 보여 주며 말했어요.

"노을은 내일도 해가 뜰 거라는 아름다운 약속이야."

근사한 이름을 가지게 되어서 정말 기뻐요.
강아지는 이름을 준 사람이랑 평생 사는 거래요!
너무 신나서 왈왈 짖으며 뛰어다니고 싶은 기분이에요!

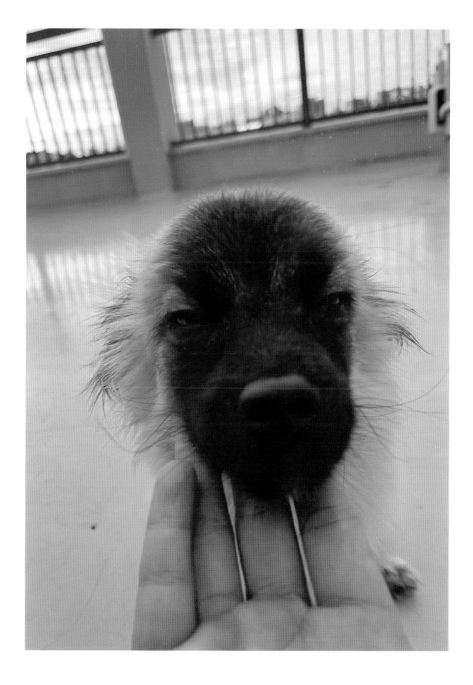

좋은 기억을 채우다 보면

형님은 제가 오기 전에 많이 힘들고 외로웠대요.
제가 어릴 때 가방 안에 갇혀 있던 것처럼
형님에게도 무서운 경험이 있는 것 같아요.

형님이 그러는데 안 좋은 기억을 억지로 지우려 하지 말래요.
좋은 기억을 채우다 보면 서서히 안 좋은 기억이 흐려질 거래요.

형님은 저에게 행복한 기억만 채워 줄 거라고 말하면서
저를 꼭 안아 줬어요.
저도 형님에게 좋은 기억만 주는 강아지가 될 거예요!

돌아갈 곳이 있다는 건
정말 근사해

처음 산책을 할 때는 귓가를 스치는 겨울바람도,

뚜벅뚜벅 걷는 사람들의 발소리도,

큰 천막이 펄럭거리는 소리까지 모든 게 다 무서웠어요.

어딘가 멀리 가서 형님을 잃어버리거나 제가 이사 가는 걸까 봐 겁났거든요.

하지만 산책이 끝나면 항상 포근한 집으로

돌아간다는 사실을 안 후에는 산책이 즐거워졌어요.

잔디에 묻어 있는 다른 강아지들의 흔적을 킁킁 냄새 맡아 보면서

사람과 함께 사는 강아지가 많이 있다는 것을 알게 되었어요.

보호소에 있던 친구들도 함께할 가족을 찾았는지 궁금해요.

돌아갈 곳이 있다는 건 진짜 근사한 일이거든요.

동료를 다시 만났어요!

형님이 저를 데리고 애견 카페에 왔어요.

제 동생 빠삐는 여전히 혀를 내밀고 있어요.

빠삐도 함께할 사람이 정해졌대요.

참 다행이에요!

오랜만에 본 카페 식구들도 너무 반가웠어요.

저에게 형님이 생겨서 그런지

친구들 앞에서 어깨가 한껏 으쓱거렸어요.

형님 집에서 내가 맡은 임무

카페에서처럼 형님 집에서도 할 일이 있어요.
바로 이 집을 지키는 일이에요.
하루에도 몇 번이고 침입자가 찾아오거든요.
잘 때도 경계를 늦추면 안 돼요.

저는 밖에서 침입자의 소리가 들리면
문 앞에 가서 소리가 들리는 곳을 힘껏 노려봐요.

제가 이렇게 집을 잘 지킨 덕분에
아직 한 번도 침입자가 들어온 적이 없어요.

내가 좋아하는 장난감

제가 좋아하는 장난감들을 소개할게요!

 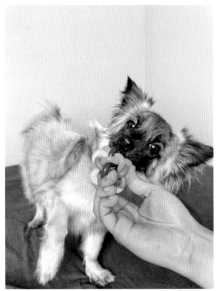

딸랑딸랑 무지개 볼

이 공은 던지면 딸랑딸랑 소리가 나요.

형님이 강아지 편의점에 갔을 때 사 줬어요.

눈이 하나 빠진 곰돌이 씨

제가 가장 좋아하는 인형이에요.

너무 많이 가지고 놀아서 눈이 하나 빠져 버렸지만

여전히 제 최애 장난감이랍니다.

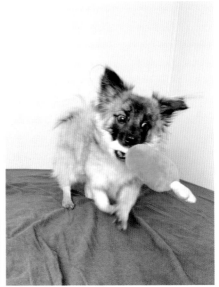

고기 모양 인형

고기처럼 생긴 인형이에요.

진짜 고기 맛이 나진 않지만 물어뜯으면서 놀면 정말 재밌어요!

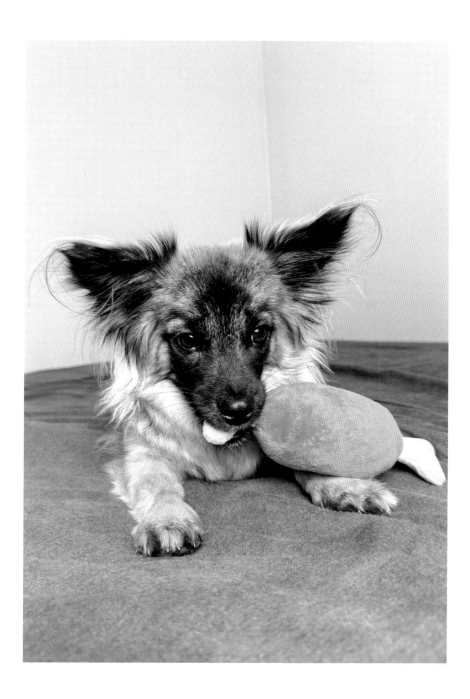

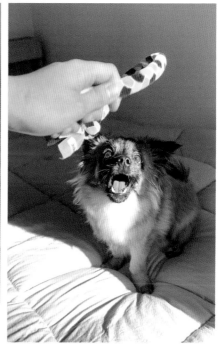

알록달록 지렁이

형님이 지렁이를 흔들 때까지 숨 참고 기다리다가

형님이 지렁이를 흔드는 순간 잡아채야 해요!

형님과 등산할 때
정말 행복해요

형님과 산에 갈 때면 정말 신나요!
산에서 나는 좋은 냄새들을 맡으며 열심히 산을 오르다
정상에 도착하면 우리는 둘 다 지쳐서 헉헉거려요.
하지만 정상에서 보이는 경치는 너무 아름다워요.

형님은 행복을 찾아서 여러 나라를 여행했대요.
형님은 여행하면서 이런 경치를 볼 수 있는
아주 비싼 집에 사는 것도 좋겠지만
두 발로 행복을 찾아가는 게 더 중요하다는 걸 느꼈대요.

저도 맨날 이렇게 형님과 걸어 다니니까 행복한가 봐요!

🐾

세상에서 가장 좋아하는 냄새

형님은 저랑 보내는 시간이 많아요.

일도 안 나가고 친구도 없거든요!

집에서 뒹굴뒹굴 놀다가 산책 시간이 되면 같이 밖에 나가요.

밖에서는 집보다 다양한 냄새를 맡을 수 있어요.

저는 냄새로 많은 것을 기억하고 세상을 이해해요.

산에서 나는 짙은 흙냄새, 옥상에서 나는 오묘한 도시 냄새,

빨래가 돌아가며 나는 향긋한 세제 냄새가 좋아요.

하지만 제가 가장 좋아하는 냄새는

형님의 품 안에 안겼을 때 나는 냄새예요.

어느 날에는 형님에게 슬픈 냄새가 났어요.

형님이 하루 종일 누워서 잠만 자길래 형님 곁을 지켜 줬어요.

그랬더니 형님이 조그마한 목소리로 고맙다고 말했어요.

천만에요!

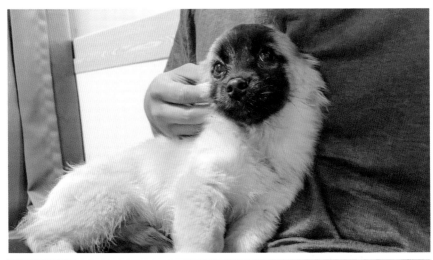

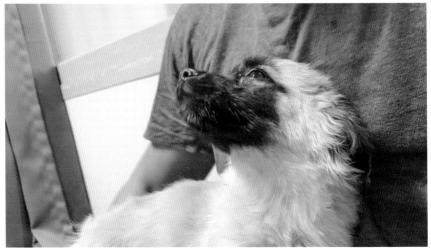

형님은 이중인격?!

제가 형님이 아끼던 오르골을 망가뜨렸을 때
저를 혼내던 형님의 단호한 표정이 잊혀지지 않아요.
못난 점도 사랑스럽다고 했으면서….
그러고는 화내서 미안하다고 뽀뽀하는 거 있죠?
아무래도 형님은 이중인격자인 것 같아요.

우리는 최고의 팀

저는 큰 귀로 아주 작은 소리도 들을 수 있고
까만 코로 아주 멀리서 나는 냄새도 맡을 수 있어요.
형님은 힘이 엄청나게 세서 무거운 물건도 번쩍번쩍 들고요,
똑똑해서 많은 것을 알아요.

형님과 노을이, 아주 잘 어울리는 팀이죠?
우리 둘이 함께라면 그 어떤 침입자도 막을 수 있어요.

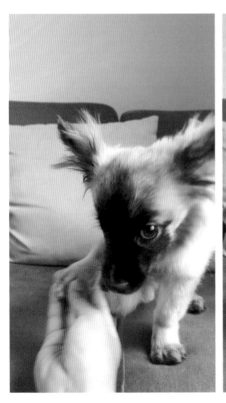

형님과 타는 오토바이

형님은 저에게 많은 세상을 보여 주고 싶어 해요.

그래서 부릉부릉 소리가 나는 오토바이를 타고 한강도 가 봤어요.

형님 뒤에 붙어서 오토바이를 타면 제가 달리고 있는 기분이 들어요.

세상에는 아직 무서운 게 많지만 형님과 함께라면 문제없어요!

익숙한 대상이 있다는 건

저는 침대 한가운데에 누워 있다가
형님이 잘 준비를 마치고 오면 자리를 비켜 줘요.
형님은 길을 가다 시끄러운 소리가 나면 저의 귀를 막아 줘요.

저는 산책 후 발을 닦아 줄 때까지 집에 들어가지 않고 얌전히 기다려요.
형님은 제가 쓰레기장을 무서워하는 걸 알고
쓰레기장을 피해 다른 길로 돌아가요.

저는 형님이 일어나면 오늘도 함께 하루를 보낼 수 있어 기뻐해요.
형님은 제가 품에 안길 때 가장 편안해 하는 자세를 알아요.

익숙한 대상이 있다는 건 참 따뜻한 일이에요.

못생겨도 괜찮아

형님은 맨날 못생겼다고 저를 놀려요.
짧은 다리, 귀에 난 털, 까만 입술, 마스카라 같은 무늬….

사람들은 출신이 확실한 강아지들을 더 좋아한대요.
형님도 하얗고 작은 강아지를 보면 예쁘다고 생각한대요.
저는 하얗지도 않고 출신도 명확하지 않은데….
시무룩해졌어요.

하지만 형님이 이렇게 말하며 저를 쓰다듬어 줬어요.

"노을아, 그래서 너는 특별한 거야."

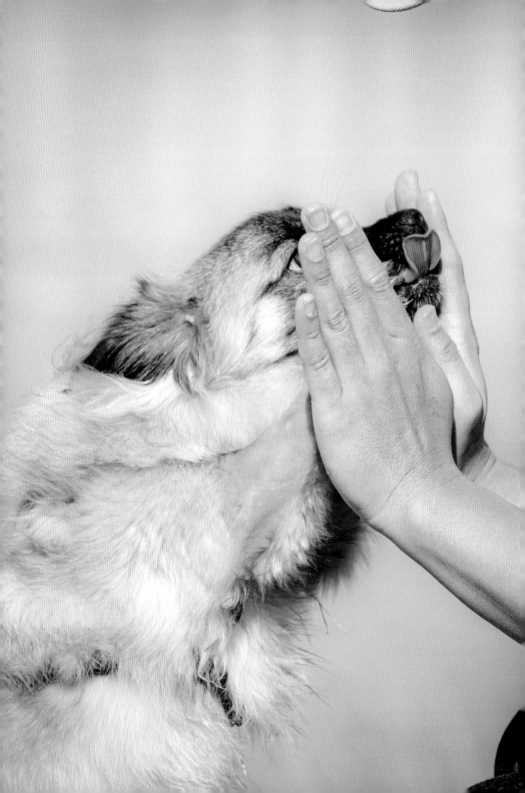

3장

노을이가 보내는 편지

보이지 않는 것

사람들은 강아지가 너무 예뻐서 강아지를 만드는 공장을 만들었대요.
어떤 사람들은 강아지가 싫어지거나 필요 없어지면
돌아오지 못하는 곳에 버린대요.
개들은 항상 사람들이 너무 좋은데 사람들은 아닌가 봐요.

저도 실수를 많이 하거나 못생겼다는 이유로 버려질까 봐 무서웠어요.
그런데 형님이 예쁜 부분은 누구나 다 쉽게 사랑한대요.
못난 부분도 사랑해야 진짜 사랑이라고 했어요.
제가 형님의 친구가 되어 줬기 때문에
제가 못나도 괜찮고 실수해도 괜찮다고 했어요.

어쩌면 가장 중요한 건 눈에 보이지 않는 건가 봐요.

우리도 다르지 않아요

형님이 한 유기견 보호소에 다녀오고선
저와 똑 닮은 강아지를 봤다고 했어요.
거기에서 사람과 함께하고 싶어 하는 강아지들이
꼬리를 흔들며 형님을 반겨 줬대요.
형님은 사람들이 유기견을 잘 입양하지 않는다고 속상해했어요.

형님이 약한 존재를 품을 수 있는 사회가 건강한 사회래요.
무슨 말인지 잘 모르겠지만
제가 짧은 다리, 까만 얼굴을 가졌어도 형님에게 사랑받고 있는 것처럼
모두가 사랑받을 수 있으면 좋겠어요.

단 하루만 남았다면

강아지들은 사람보다 4배나 빠른 속도로 살아간대요.

여러분의 일주일은 제게 1달이에요.

제게 단 하루밖에 없다고 해도 형님이랑 이렇게 뛰어놀 거예요.

지금처럼요!

만약 여러분에게 단 하루만 주어진다면 무엇을 할 건가요?

누구나 사랑받을 자격이 있어요

저는 세상에 무서운 게 많았어요.

한때는 제가 세상에 받아들여지지 못하는 존재 같았거든요.

아무도 절 원하지 않고 사랑하지 않는 것 같아서

저를 둘러싼 세상의 모든 게 차갑고 두렵게만 느껴졌어요.

하지만 이제는 용기가 생기고 있어요.

예쁘지 않은 믹스견이어도, 버려진 적이 있는 꼬질꼬질한 유기견이어도

어떤 생명이든 사랑받을 자격은 누구에게나 주어진다는 걸요!

지금까지 만난 많은 사람이 저에게 알려 줬거든요.

형님이 말하는 못생겼다는 말이 무슨 뜻인지도 알게 됐어요!

바로 세상에 하나밖에 없는 존재인 제가

그만큼 특별하다는 뜻이에요.

누구나 사랑받을 자격이 있어요.

세상에서 가장 쉬운 일

형님은 한 생명과 살아가고 사랑한다는 건
두려우면서도 설레는 일, 행복하면서도 겁나는 일이라고 했어요.
하지만 저에겐 사랑하는 일이 이 세상에서 가장 쉬운 일이에요.
좋아하는 마음을 온몸으로 표현하면 되는 걸요.

아침에 일어나면 제일 먼저 형님에게 달려가서 반갑게 인사하고
하루 종일 질리지도 않고 쳐다보는 일,
산책 가자는 말을 기다리다가 가끔은 먼저 나가자고 조르기도 하는 일,
나른하게 누워서 조용히 기타 소리를 듣는 일,
언제든 형님의 고민이나 얘기를 들어 주는 일,
아프거나 다쳤을 때는 제일 먼저 달려가서 의지하는 일까지도
모두 사랑이잖아요.

어쩌면 저처럼 사람들도 모두 완벽하지 않다는 걸 알아요.
완벽하지 않은 그 모습 그대로 온전히 사랑할 뿐이에요.

126

우리는 서로를 지켜 줄 거예요

형님이 쓴 노을에 대한 가사 중

상처받고 버림받은 맘 왠지 나도 알 것만 같아
억지로 참았지?
불안해야만 하는 세상 속에서
너의 기억 속에 있는 안개들을 내가 다 지워 줄 순 없지만
이제부터 내리는 빗물은 내가 다 막아 줄 거야

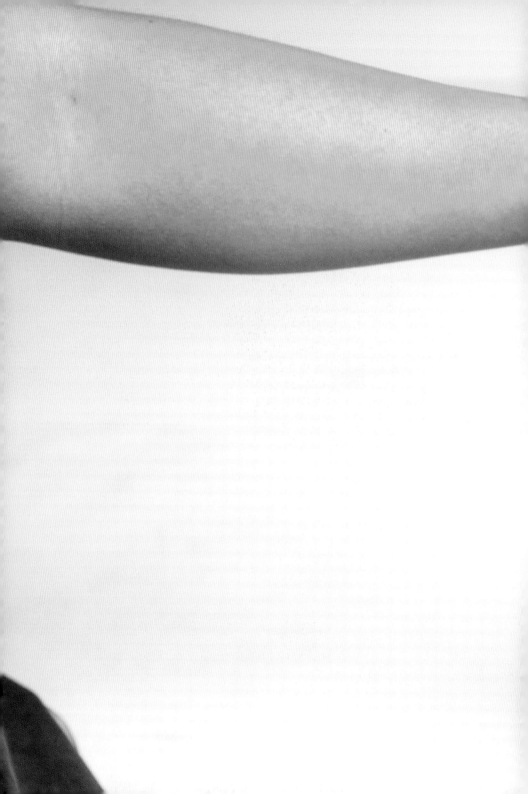

노을아, 그래서 너는 특별한 거야

초판 1쇄 발행 2024년 4월 17일

지은이 새늘
펴낸이 새늘
펴낸곳 노을빛

편집인 박영미
편집 강가연 임혜원 김다예 김아현
마케팅 정은주
디자인 황규성
사진 새늘 리시위스트 최태현 김주은

출판신고 2020년 7월 20일 제2020-000103호
전화 02-6083-0128 | 팩스 02-6008-0126
이메일 porchetogo@gmail.com
포스트 https://m.post.naver.com/porche_book
인스타그램 www.instagram.com/porche_book

ⓒ 새늘(저작권자와 맺은 특약에 따라 검인을 생략합니다.)
ISBN 979-11-93584-33-0 (03810)